꽃씨를 묻는 숨결들

북갤러리 시선 007
꽃씨를 묻는 숨결들

초판 1쇄 인쇄일_2013년 12월 10일
초판 1쇄 발행일_2013년 12월 18일

지은이_박정필
펴낸이_최길주

펴낸곳_도서출판 BG북갤러리
등록일자_2003년 11월 5일(제318-2003-00130호)
주소_서울시 영등포구 국회대로 72길 6 아크로폴리스 406호
전화_02)761-7005(代) | 팩스_02)761-7995
홈페이지_http://www.bookgallery.co.kr
E-mail_cgjpower@hanmail.net

ISBN 978-89-6495-062-3 03810

이 도서의 국립중앙도서관 출판시도서목록(CIP)은 e-CIP홈페이지
(http://www.nl.go.kr/ecip)와 국가자료공동목록시스템(http://www.nl.go.kr/
kolisnet)에서 이용하실 수 있습니다.(CIP제어번호 : CIP2013025796)

북갤러리 시선 007

꽃씨를 묻는 숨결들

박정필

BIG 북갤러리

시인의 말

나의 고향집은 낡고 허술했지만 그 안은 어머니 품처럼 아늑하고 포근하다. 하지만 밤이면 대나무 숲에 교교한 달빛이 내려앉으면, 적막감에 젖는다.

잠시나마 매캐하고 복잡한 도심을 빠져나와 고향에서 혼자서 자신을 돌아보는 성찰의 기회를 가져보며, 이미 써놓은 시편들을 최종적으로 검토하면서 시인의 말을 쓴다.

시인은 한 권의 시집을 세상에 내놓기 위해 고뇌하고, 아픔을 겪는다. 게다가 현실은 시와 접근하려는 독자층도 두껍지 않고 출판비용도 만만치 않다. 이래저래 실익 없는 짓을 왜 자꾸 하는지, 나 역시 알다가도 모를 일이다.

그렇지만 시인은 가슴속에 굼틀대는 시상(詩想)의 편린들을 배설시켜야 찜찜한 심사(心思)가 풀리게 된다.

2013년 11월
갈꽃섬 북촌 고향집에서 박정필

꽃씨를 묻는 숨결들

차례

제3부 조선국 전설이 되다

제4부 중국인 류강(劉强)에게 애국의 길 묻다

제1부
꽃씨를 묻는 숨결들

아내

그대
일상 속
진한 꽃향기
영혼의 그림자

때론
갈등의 날 세울 때
미운 꽃샘바람

그대는
햇살인가
혹은
안개인가

그래도
한평생 마르지 않는
사랑의 샘물이다

어머니

세월의 무게 못 이겨
활처럼 휜 허리
가녀린 하얀 머릿결

거친 삶을
온몸으로 부딪치면서

눈 붙이나 뜨나 아른거린 핏줄기들
끝내 가시고기처럼
영육마저 내 놓으신 희생

다시는 볼 수 없는
이승의 빈자리

고향 앞산 보름달처럼
훤히 떠오른 모정

늘 가슴 흔드는
그리움과 회한

내 안에
바위 덩어리 하나가
천근의 무게로 누르고 있다

갈꽃섬 5일장

할머니 온기 밴
애환서린 갈꽃섬 5일장

빚고을로 시집간
등 휜 누님도
종종 장보러 오신다

비릿한 어물전에
눈을 휘둥그레 뜨고
팔딱거린 청해진 숭어

청정바다의 향기 짙게 밴
미역 파래 매생이 청각 김 다시마

금세 장바구니는
가득 넘쳐난다

파장머리에
푸짐한 정담 지피는 주막집
무거운 삶의 사슬 풀면서

저마다
가슴 언저리에 걸린
습기를 말린다

아버지

천년을 사실 것 같이
허둥대다가
세상 짐 내려놓고
빈손으로 떠나갔지

명예와 부귀는
산자들의 욕심이고

망자는 홀로
북망산천 흙집서
눈비에 젖고 있다

핏줄기들 슬픔은 잠시뿐
인생꽃 지는 것은
천칙이라 체념한 채

시나브로
기억에서 지워져간
나의 하나님

자화상

시간이
내 영육에
남긴 흔적들

지워가는 기억
깊어지는 주름 골

살아 온 날
아득하고

살아 갈 날
코앞이다

한 뼘 인생살이
한줄기 기적소리다

산행

하얀 속살 드러낸
좁다란 산길 오른다

풀 향기에 젖고
고운 빛깔에 취한다

벌레 우는 소리도
한줄기 산바람도
낭만이고 사유다

이미
산 벗된 사람들
다람쥐가 되었다

하지만
산에 오른 지
두 해가 스쳐가도

헉헉거린
60줄 숨통

산이 휘청거린다
하늘이 무너져 내린다

꽃씨를 묻는 숨결들

영산강자락 대불공단
저마다 꽃씨 묻는
가느다란 일손들

때로는
뼈마디가 신음하고
속살이 찢긴 아픔도
쇳물처럼 녹이면서

거친 대양을 헤쳐 갈
선박건조 일터에서
부풀어가는 코리아드림

가슴 한켠
떠나 온 세월만큼
그리움이 쌓여

매양
보채는 가족 생각에
고달픈 일상도 잊은 채

고향에 안고 갈

선물 하나로

오늘도

남모르게 설레고 있다

황혼

어느새
가을이
나도 몰래 찾아왔다

나이 잊는 영혼
하늘빛처럼 맑기만 하는데

귓가에 내린 서리
목 줄기에 감긴 세월

애써
감추고 싶은 부질없는 생각

그래도
끝없는 하늘가에

사유의 씨앗 묻고
꽃밭 하나 일구고 싶다

당신

당신은
훈훈한 햇살
부드러운 바람

당신은
풀꽃처럼 웃는
소리 없는 함성

당신은
늘상
고요한 사색
끝없는 하늘인 것을

가을 추억

초가지붕에
하얀 박 배꼽 드러내고
뒤뜰 유자향기 짙어 가면

오직
자식밖에 모르시다가
홀연히
바람처럼 스쳐간 모정

철부지 핏줄기들
하늘 무너지고
땅이 꺼졌지

어느덧
내 귓가에도
찬서리가 덮어있는 지금

가슴 언저리에 걸린
헤진 적삼 흙 묻은 얼굴

월남사*지 탑

월출산자락에
월남사지 지켜온 천년세월

고려인 온기 밴
바랜 전설이
옷깃을 여민다

화마가 휩쓴 빈터
인고의 긴 그림자
환생을 꿈꾸고

저만치 핀 연꽃
그윽한 향기가
불심을 지핀다

언제쯤
부처님 다시 돌아와
중생에 자비 적서줄까

*월남사 : 전남 강진군에 위치한 고려시대 창건한 사찰로 임진왜란 때 소실됨

보문사* 마애관음보살

서해바다 노을빛에
석모도 낙가산은
봄날의 꽃밭이다

숨 막힌 정수리
눈썹바위 암벽에

억겁을 살아갈 관음보살
대자대비의 그윽한 향기
한결같은 믿음이다

시공을 뛰어 넘어
줄 이은 중생들

저마다 소원 빌어
바라는 것을 얻어 낸 신비가
민화로 회자되어

먼 길 찾아온 길손
보살님 앞에 두 손 모으니

번뇌가시가 뽑혀나간다

*보문사 : 인천광역시 강화군 서쪽 석모도에 위치한 신라 때 창건한 사찰

세월 따라

갈대처럼
찬바람에 부대끼며
걸어온 길

무지개처럼 걸렸다가
꽃잎처럼 시든 꿈들

훌쩍
화살 같은 세월 따라
어느새
황혼에 젖으니

지난날이 부끄럽고
오늘은
회한뿐이다

경포대 서정

강진 땅 경포대는
글소리 넘쳤던
옛 선비마을

깊은 골 흐르는 물에
더위 씻으면서
한 시름 푼다

건너편 영랑집 뜨락
다소곳한 여인처럼
시심 키우는 모란꽃

주홍빛 향기가
길손의 빈 가슴을
가득 채우고

수묵화보다
짜릿한 비경에
내 영혼이 휘청인다

붓은 휘어질망정 꺾이지 않는다
— 〈부천타임즈〉 창간에 부쳐

〈1〉

2007년 9월 1일
노란 하늘이 무너지고
온몸이 깨지는 산고 끝에

옥동자처럼
축복과 환희 속에 태어난
위클리 〈부천타임즈〉

붓 하나만 쥐고
직필의 사명감으로
살얼음 같은 세상에

선도의 무거운 짐 지고
불타오르는 열정과
억울한 눈물 닦아 주어라

오늘은 작은 등불이지만
내일의 커다란 불꽃으로

어둠의 시공을 밝혀라

〈2〉

복사꽃 핀 전설의 고을에
지식정보의 갈증 풀어주고
곧은 붓끝으로 정론 펴며

맑은 영혼과 밝은 미소로
참된 심부름꾼으로서
애독자의 든든한 친구가 되어

제주도 하얀 파도소리
북녘 초록바람까지도 가져와
삶의 공간 가득 채워주면서

늘 깨어있는 넓은 가슴은
자유민주의 표상이 되고
불의에 침묵하지 말라

올곧은 바른길 가노라면
절망과 좌절의 늪에 빠지고
깊은 상처의 아픔도 있다

〈3〉

어디 그뿐이랴
사나운 바다를 건너야 하고
숨찬 고갯길도 넘어야 한다

검은 유혹에 냉정하고
정의를 위해 싸울 때
민초들은 응원가를 불러주리라

때론 무서운 칼바람이 불어와도
그대가 쥔 붓은 휘어질망정
꺾이지 말아야 한다

희망이 있는 한 슬픔은 아름다운 것
미래 없는 현실은 허망한 것
굽히지 않는 용기는 멋진 기상이다

천년세월 부천에 씨앗 묻고 키워서
소망이 기적처럼 충만해지면
태양은 더 높이 솟아오를 것이다

제2부
노년 일기

사랑은

사랑은
맑은 샘물
영원한 미학

사랑은
달콤한 선율
눈보라 속 솔빛

사랑은
화가 났다가도
금세 녹는 봄눈

그리고
뭔가 주고도 또 주고 싶은
아쉬운 여운

월출산

달빛고요
골마다
전설 잉태한 바위산

남농 화가
붓끝보다도
진한 황홀경

잿빛영혼
찌든 육신도
보듬는 자비

시공을 뛰어넘어
샘솟는 시심
만인의 연인

영산강 1

용머리 휘돌아 온
초록바람이
강문을 열고 들면

힘줄 드러낸 파도
흰 비늘 세우며
어깨를 들썩이고

강줄기 따라
여린 꽃망울들
기지개를 켠다

출어 채비에
부산해진 선창가
만선의 꿈 설렐 때

남녘 숨결들
맨 먼저
화신과 입맞춤한다

영산강 2

천년세월 속에
서해로 길을 내고
황포돛배 넘나들었지

밤마다
푸른 치마폭에
별빛 담고 노래했었지

때로는
서해 바닷바람
세차게 달려오면

파도 골마다
하얗게 핀 꽃송이
널따란 꽃밭 만들었지

등 굽어 돌아와
잿빛 강물 바라보며
회한을 되새김질할 때

청년시절 추억이
아련히 묻어나오고

목 줄기 길게 뺀 강은
지친 그리움처럼
누군가를
기다리고 있다

영산강 3

사월의 영산강은
봄 햇살에 젖어
나른한 몸으로 누워있다

기억 저편
종이배 만들어 띄웠던
어릴 적 추억

저마다
간직한 채
되새김질하는 황혼

하늘 향해 오르고 싶은
은비늘 세운 고기떼
먼 바다로 떠난 지금

언제부턴가
강심은 병이 깊어
신음하고 있다

목련화

하얀 침묵
우아한 맵시

천사처럼
하늘빛 영혼

등불 밝히고
영혼 그늘 걷어낸

뜨락에 선
사유 여인

아내 고향

〈1〉

남도 젖줄 영산강자락
비옥한 나주평야에
조상들 유산 이어받아
저마다 온기 지피고
이웃과 살갑게 사는 맥박들
내 탯줄 묻는 땅보다
부드러운 흙냄새
활처럼 휜 형상
다시면 동곡리 샛골
약수 같은 샘물 길러다가
밥 짓던 모정의 정성
기억 저편 사무친 그리움

〈2〉

건너편 옥야리 3기 고분
마한국 숨결이 가슴을 헤집고
여덟 선비들 얼 새긴
어귀에 선 추모비가
눈길을 잡아맨다
고향 빛낸 인재들 줄 잇는
금정산 줄기 선산에
한 점 티 없이 영면한
대구 배씨 영령
아내와 함께 찾아오니
핏줄의 인연을 반기듯
손 젓는 무덤가 억새들

2008년 촛불 집회

뿔난 촛불들
서울 도심서
성난 파도로 출렁거린다

초등생도 함께 나와
찜찜한 쇠고기는
먹기 싫다며 손사래 친다

자유 민주사회는
나라님 오만과 독주가
절대 아니라며
뜬 눈으로 목청 세운다

크고 작은 깃발들
혼란처럼 보이지만

그 속에는
애국애족 뿌리가 살아있고

자유의 향기
미래의 희망이
뜨거운 혈관처럼 흐른다

바다와 섬

바다는
섬을 껴안고
속살거리며

온종일
흰 거품을 물고
입맞춤한다

둘 사이
시공을 뛰어 넘어
한없는 사랑

주고도 모자라는지
늘 아쉬워한
부부의 미학이다

퇴직 일기 1

2년 앞서
공직 문 나서니
긴장 끈이 풀리고
36년 상념들이
주마등처럼 스쳐간다
짓눌린 무게도
금세 사라지고
깃털처럼 하늘을
날아갈 듯하다
한평생
기나긴 세월
펴지 못한 유리가슴
어느덧
바랜 가슴 언저리에
깊이 찔린 대못 하나도
슬며시 뽑혀나간다

퇴직 일기 2

이순 나이를
창살 없는
사각공간에 가둔다

바보상자 채널 돌려가며
흥거운 프로그램으로
하루를 분해하고

묵언한 승려처럼
시퍼런 날 세운 속세와
높은 벽을 쌓는다

외로움과 상실감
불안의 여진이
삶의 의미를 훔쳐가도

죽는 날까지
마땅히 갈 곳 없는
딱한 지성은

들썩거린 욕망의 불씨를
온종일 소각한다

고향의 하루

어느 봄날
둥지 비워놓고

고향에 묵은 하루는
차가운 겨울이다

밀려오는 외로움
긴 밤 사르는 만상

문득
옛 추억 떠오르니
뭉클해지는 가슴

풍선처럼 터질 듯한 이기
온기 없는 허수아비들

산업화 바람은
정겹던 고향을
공동묘지로 만들어 놓았다

노년 일기 1

새장 안 새처럼
닫혀진 일상

가끔 울려오는
벨소리에 설레고

만남 약속하게 되면
유리지갑 사정을
지레 살핀다

한해가
덧없이 바뀔 적마다

지인들 소식도
연줄처럼 끊긴다

노년 일기 2

외로움이 뜨겁게 타는 새벽
소음 삼킨 도시가
산골처럼 적막강산이다

빌딩 숲 사이로
매케한 공기가
무겁게 흐르고

잠결 속에서
지친 몸 푸는
아내 코고는 소리

건넌방 딸아이는
상아탑 꿈 위해
책장 넘기는 소리

하루아침에
백수건달 된 지아비
한숨소리

내 영혼의 바다
고기떼처럼
온갖 상념들이
헤엄쳐오고 있다

고향 생각

향수 불씨 피어
찾아간 고향마을
펜션 즐비한 가운데

속살 찢긴 산자락 아래
허술한 나의 고향집

그 뒤켠 유자나무는
해마다 노란 향기 피우며
옛 주인 기다리지만

흩어진 핏줄기들
저마다 버거운 삶에 묶이어
흙냄새 잊고 사는가

이제 타향보다 정 마른 고향
낯선 얼굴들
미소가 없다

저무는 하늘가
울고 가는 철새처럼
아득히 멀어져간 노스탤지어

제3부
조선국 전설이 되다

그리운 목포

꿈의 씨앗
틔었던 서남쪽 항구도시

애환의 추억들
고스란히 묻혀 있고

무시로 찾아와도
늘 정감 넘친
수채화처럼 아름다운 곳

제모 쓴 그 시절이
엊그제 같은데

어느덧
초로돼 유달산에 오르니
땅 꺼질 듯한 가쁜 숨소리

눈 아래 서해바다는
지금도
활력이 청년처럼 넘쳐난다

씨앗 하나

하늘이 살포시
내려와 입맞춤하고
새떼 이야기 출렁거린
눈부신 아침 들녘에
한줄기 바람은
몰래 가져온
꽃씨 하나를 묻었지
서리가 내리고
눈보라가 휘날려도
절망하지 않는 의지
이따금
황소 발에 짓밟혀
속살이 터질 듯해도
아픔의 눈물 삼키고
어둠의 시간 보낸 뒤
실눈 뜨고 뒤척이다가
하늘 먼 언저리 향해
소리 없는 함성을 지르니
봄비가 달려와

온몸 씻겨준다

숭례문 환생

조선 태조 다섯 해
한양 들머리에 선
눈 부릅뜬 수문장

조국 흥망 지켜보는
긴 역사의 증인
살아있는 전설이다

어찌하여
2008년 2월 19일
화마가 삼킨 민족의 자존심

그 폐허위에 흩어진 살점들
남산 텃새도 혼절했고
한강도 슬프게 절규했지

하지만
시련 속에서도
희망의 끈을 놓지 않는 의지

그 누가 웅지를 꺾으랴
그 누가 국운을 막으랴

이제 또다시
겨레의 찬란한 유산
국보 1호 숭례문이
5년 만에 환생한 웅장한 자태

한겨레 저마다
축배의 잔 높이 들어
숭례문 만만세세
대한민국 영원하라

건배사 합창소리가
장안에 가득 넘쳐난다

죽마고우 1

유년시절 함께
추억 만든
찔레향기 같은 우정

대물림 가난이 싫어
서울 끝자락에
둥지 틀었지

허리띠 졸라맨 일상
가난의 옷 벗고
그 품속에서
곱게 자란 핏줄기

저마다
짝지어
새처럼 날아간 뒤

시린 세월 모서리에
한 뼘 걸린 세월
외로움만 커간다

이제
너와 나
떼 낀 노숙자처럼
향기 마른 영혼

그래도
우정은
하얀 눈밭에 선
청솔향기다

늦둥이

지어미 세월의 강 따라
곱게 자란 늦둥이
어느덧 고3

수업 마치면
늦도록 야자(夜自)에 파묻혀
하루가 핏발로 선다

주말 독서실서
밤늦도록
꿈을 키우는 꽃망울

지아비도 같은 길을 걸어왔고
후손들도 걸어야 할 운명의 길

가끔씩
부처님 찾아가
108배 올리고

주술처럼 기도문 중얼거리며
딸아이 행운 비는 모정

누구도
이 길을 비켜갈 수 없지만
공부만이 꿈을 따는 비결일까
곰곰이 생각이 깊어지는 하루

갈꽃섬 바다

그 앞에 서서
해조음 들으며
바닷가에서의 노래
흥얼대며 추억에 젖었지

서쪽 하늘가
석양에 물든 수평선
정겨운 물새떼
한 폭의 동양화처럼 걸리고

가끔은
힘겨운 삶의 짐도
내려주던 갈꽃섬 바다

어느새
낭만과 전설을
삼켜버린 이색 지대

뜬금없이
전복효자 생겨나서

물욕에 함몰된 눈빛들

대물림 가난 씻더니
금빛 두꺼비처럼
목 줄기 꼿꼿 세우고
시도 때도 없이 울어댄다

차라리
배고플 때가 정 넘쳤다는
마을어르신 뼈있는 한마디가
가슴깊이 화살처럼 꽂힌다

땅 끝 마을

사철 없이 이어지는 발길
땅 끝 마을
등이 흰다

사자봉 시비들이
잠시 눈길 잡아매고
가슴을 헤집는다

발아래 펼쳐진
장보고의 뱃길이
서해로 한없이 이어지고

청해진 섬섬들이
둥둥 떠 있는 풍광
한 폭의 수채화다

수평선에 걸린 햇살
바다를 붉게 적실 때

비릿한 갯내음이
뼛속 깊이 스며든다

거센 문명바람이
옛 정취 훔쳐간 지금

오랜 세월의 대물림
가난 옷 벗어 던진 어촌

저마다 목 터지도록
희망가 부르고 있다

죽마고우 2

주말마다
죽마고우와 만나

얽히고설킨 세상사 쏟아내면
가벼워진 가슴

나이 듦이 서러워
푸념 지피며
서로를 위로한다

별리의 정 아쉬워
돌아오는 길 위에서도

다시금 뒤돌아보는
영혼의 그림자
이승의 길동무

조선국 전설이 되다
— 담시(譚詩) 1

〈1〉

고종아비 흥선대원군은
바깥세상에 까막눈

거친 외세물결에 겁먹고
쇄국주의에 황소고집 부렸지

12살 아들 고종에게 왕관 씌운 뒤
나랏일 섭정하고 쥐락펴락했었지

나라 안에 좀벌레 드는 걸
보지도 알지 못한 정치맹인

고종 왕 무능통치 한계 드러나
을사오적과 이등방문 야합하여

제 맘대로 권좌에서 쫓겨내고
꼭두각시 순종을 즉위시키더니

곤룡포 벗고 일제 장교복에
훈장 주렁주렁 달고서도

부하들 지휘 못한 무늬만 황제
방아쇠 한 번도 당겨보지 못한 채

500년 조선역사 단절시키며
민족 비운 막지 못한 망국의 주인공

조상의 뼈가 묻힌 한반도 둥지를
일본에 넘겨주고 대신들 탓만 했지

〈2〉

민초들 치떨리고 울화 치솟아
삼천리강산에 항일바람 일으켰지

하루아침에 식민지배로 뒤바뀐 세상

한민족 뼛속에 스민 굴욕감

단군 이래 최악 정치로 인해
대대로 이어지는 민족의 비애

어둡고 추웠던 일제강점기
피땀 흘린 식량 수탈해가고

창씨개명 않는 자들을
무뢰한으로 점찍어 미행하고

사상범 보호관찰법 만들어
애국지사 고문해 씨 말리며

우리글 우리말 못쓰게 하고
아들 총알받이로 딸 성노예로

조상의 혼 밴 문화재 약탈해간
얼굴 없는 섬나라 사람들

〈3〉

아직껏 과거사는 청산 않고
진정성 띤 사죄 한마디 없이

다시 녹슨 칼을 꺼내들고
21세기 군국주의 꿈을 키운

극우선봉 깃발 든 아베와 노다
추종세력 힘 얻은 정치마당에서

툭하면 독도영유권 억지주장하고
조선근대화시켰다고 꼼수피우며

왜곡 역사교과서로 후손에게 가르쳐
만행사실 지우고 감추는 권모술수

침략행위 정당화 위한 궤변 배설하고
특급전범 묻힌 야스쿠니신사의 참배로

희생자 후손들 상처에 소금뿌리며
이웃 나라에 끊임없이 대못질한다

조국 1

〈1〉

단군왕검 조상께서
삶터 일군 한반도
수묵화처럼 빼어난
평화스런 금수강산

내홍과 외세가 저지른
골육상쟁의 6·25전쟁
하늘같은 우리 젊은이
조국수호에 목숨 바쳤지

어둡고 외로운 긴 세월
피붙이 가슴에 묻고서
행여나 돌아올까 봐
사립문 열어 둔 모정

잿더미 돼버린 살림살이
부모 잃은 어린고아들

야만과 광기가 빚은 생지옥
언제쯤 기억에서 지워질까

〈2〉

전쟁의 폐허를 딛고서
몸서린 친 가난이 싫어
저마다 흘린 땀방울이
한강의 기적을 이뤘지

민주사회의 주역 민초들
자유깃발 흔들고 외치며
독재의 아성을 허물어
살맛난 밝은 세상 펼쳤지

아침 햇살처럼 떠오른 국운
은근과 끈기의 민족정신
용솟는 열정 넘친 자신감이

찬란한 선진조국 만들었지

어느덧 작은 거인이 되어
허기지고 병든 숨결 위해
지구촌 오지에 베푼 인류애
공존공생의 시대정신 열었지

〈3〉

동서양 젊은 이방인들
청운의 꿈 가슴에 안고
찾아오는 희망코리아
마르지 않는 젖줄기

풍요로운 여유 속에서
신명난 물결 출렁거린
아늑하고 편안한 쉼터
한겨레 영원한 안식처

5천년 역사 이래 처음
지구촌을 적시는 한류
도타운 정이 배인 땅
동방의 등불 대한민국

대륙과 해양 틈새에 끼어
들풀처럼 채이고 밟히면서
부끄러운 역사 새롭게 쓴
투혼을 불태운 배달민족이여

조국 2

〈1〉

아득한 옛적 선조들이
푸르게 일궈온 배달나라
정치이념이 충돌하여
두 갈래의 남과 북
저마다 가슴 언저리에 걸린
증오의 트라우마
어둡고 막막했던 그 시절
흘린 피눈물이
아직도 마르지 않는 조국산하
반세기 넘게 대립각 세운 세월
분단의 고통 온몸으로 울며
주린 배 움켜쥐면서
일터에서 피멍 들고 닳은 손끝
아버지의 눈물 강이 흐른다
어느덧 황혼 따라 깊어진 주름
나부낀 백발 매듭진 뼈마디
그 너머 6·25 비극은

전설처럼 가물거린데
지금껏 칼만 가는 북한정권
시대착오적인 불장난의
부질없는 망상 접지 못한 채
홀로 퇴행의 외줄을 타고 있다

〈2〉

어찌하여 철의 장막에 갇혀
시간이 멈춘 3대 세습왕조
지구촌 눈부신 변화를
읽지 못한 흔들린 주체사상
빗장을 지른 채 자나 깨나
남침야욕 내려놓지 않는다
감시의 눈빛 곳곳에 널려도
녹슨 가시철망 뛰어넘어 온
남쪽의 풍성한 이야기
눈이 뜨이고 귀가 열려

동토에 봄 향기 번져간다
질곡에 묶인 민초들 향해
강요된 충성경쟁 한계 드러나
해를 거듭할수록 하루가 멀다며
오직 하나뿐인 목숨 걸고
두만강 압록강 물살 헤치며
서해와 동해의 사선 넘어서
따뜻한 남쪽나라 품에 안긴
이 땅의 주인 단군후예들
젖은 속살 꺼내어 말리고
풍요 속에서 꿈을 펼쳐라
한민족 가슴속에 절망은 없다

종소리

너의 목소리
별빛 되어 공간을 유영하다
곤두박질한 선율
목련처럼 하얀 삶을 위해
눈꽃같이 사뿐히 내려앉는다
세속에
흩어진 죄의 편린들을
한데 쓸어 모아
자비의 불로 태운다

2008년 금산사* 추억

산바람이 화가 난 겨울
눈보라 헤치며

너와 나
하나 된 마음으로
키가 장대한 부처님
알현하고

큰절을 올리며
소원 빌었더니

미소만 지을 뿐
먼 산만 바라보고
말 한마디 없었지

법당을 빠져나와
초입 찻집에 앉아

향긋한 솔잎차로

언 몸을 풀고서

은빛으로 물든 긴 밤
뜬 눈으로 밀어 나눴던
금산사의 겨울추억

지금은
기억 저편
그리움으로
잔잔히 물결치고 있다

*금산사 : 전북 김제시에 있는 백제시대 창건된 사찰

도시에 살면서

고향을
남해 서쪽에
묻어 두고

빌딩숲 속에
유리알처럼
부서진 일상

깊게 박힌
추억의 편린들
소리 없이 풍화된다

더러는
전화기 속에서
흘러나온 고향소식도
끊어진 오늘

향수는
망각의 저편으로

해무처럼 사라지고

가끔
꿈결 속에서
고향집을 본다

첫 사랑

풋풋한 청춘
두 눈빛 부딪치면
거친 파도처럼
출렁거린 순정

고3
제모 벗던 날
굳게 다짐한 재회가
희미한 기억에 묻혀

너의 꿈 꺾이고
나의 희망 분진되어 흩어졌지

그날에
별리의 발길 돌릴 때
흐르는 눈물을
닦아주지 못한 짓눌린 무게

잿빛 가슴속에

가시로 자라 찌르고 있다

원적산*에서

원적산 정상에 서니
해발 199미터
동쪽은 부평구
서쪽은 서구
안내판이 설명해 준다
고개 돌리면
서울 남산이
원경으로 흔들려오고
코앞 근경은
답답한 도시의 괴물
밀집된 아파트 숲
한참 동안
뒤엉킨 생각에
시름하고 있을 때
갈바람 한줄기가
낙엽 한줌을 가져와
발등에 내려놓는다

*원적산 : 인천광역시 부평구에 있는 작은 산

제4부

중국인 류강(劉强)에게 애국의 길 묻다

친일파 세 유형(類型)

한겨레 몸속에도
친일의 실핏줄기가
얼기설기 뻗어있다

그래서
알게 모르게
친일행각이 불거지고
친일파 삼형제가 태어났지

그 한 놈은
일본문화를 침 튀기며
수준 높다고 칭찬하는 자이고

또 한 놈은
일본인이 매 맞으면
도와주자는 줏대 없는 자이며

마지막 한 놈은
일본에 간 쓸개도 빼주는
뼛속 깊이 물든 자이다

귀촌

〈1〉

연어처럼
회귀의 본능으로
돌아 온 고향마을
땟자국 낀 옛집에
빛바랜 영혼 의지한 채
한 마지기 묵정밭에
씨앗 묻고 가꾼 정성
푸성귀 향기
가득 넘쳐난다

〈2〉

혼자서 왼종일
헛된 상념 엮다가
불현듯 떠오른 모정
자식의 찬 겨울 언 손을
품속 넣어 녹여주시고

배시시 웃으신 얼굴
슬프도록 그리워
눈시울이 뜨겁다

중국인 류강에게 애국의 길 묻다

⟨1⟩

중국인 류창은
불의를 알고는
침묵할 수 없는 의혈

한중(韓中) 피가 섞인 가족사에
연민의 정 묻어나서
울컥해진다

외증조부 이승식(李昇植)은 한국인
항일 운동하다 고문사(拷問死)했고

외조모 이남영(李南英)도 한국인
1942년 일군(日軍)에 붙잡혀

목포서 배로 상해까지 끌려가
위안부노릇 강요당했지

조부는 중국인 류볘성(劉別生)

问中国人刘强爱国之路

〈1〉

中国人刘强
一位看到不义之事
打抱不平的英雄

因血肉相连的韩中家族史
富有怜悯之情
泪水夺眶而出

曾外祖父李升植是韩国人
参加韩国抗日运动后受刑讯去世

外祖母李南英亦为韩国人
1942年被日军抓获

从木浦被遣送到上海
被迫成为慰安妇

祖父刘别生是中国人

대일 항전하던 신사군(新四軍)부대 연대장 지낸 인물

⟨2⟩

그대는
석고대죄할 일본이
과거사 청산하지 않고

걸핏하면
망언을 배설하여
울화 치밀어

혼자서
2011년 10월
일본에 입국했었지

그해
12월 26일 오전 4시 15분
광기 전범들 묻힌 야스쿠니 신사에

抗日时期曾担任新四军团长

〈2〉

您
应该负荆请罪的日本
丝毫无以澄清历史

动不动就
说妄言
实在是可恨

他一个人
2011年10月
赴日

那年
12月26日凌晨4点15分
向祭祀日本帝国主义特级战犯

불씨 지폈지만 미수에 그치자
한국으로 향했었지

이듬해 1월 7일
외증조부 흔적 알기 위해

서대문 형무소를 둘러보다가
야만스러운 일제만행에
뜨거운 피가 역류해

이튿날
잘못된 역사인식 깨우치기 위해

주한 일본대사관에
힘껏 화염병을 날렸지

비록 체포되어
감옥살이했지만
정의로운 지성이다

放火但未遂
返回韩国

次年1月7日
为要了解曾外祖父的足迹

参观西大门刑务所
又被日本的野蛮行为
怒火冲天

第二天
为了打破错误的历史认识观

向驻韩日本大使馆
扔出火焰瓶

虽然被逮捕
身陷囹圄
被看为为正义不平的人

〈3〉

그대의
행동하는 양심에

법으로써
굴레를 씌울 수는 없다

이성으로
동의할 수가 없다

그대
올곧은 의지는

지구촌의 평화 위한
성스러운 표상이다

뼈아픈 반성 없는 섬나라에
준엄한 경고다

<3>

对您的
凭良知行事之行为

不能用法
束缚

以理性
亦不会同意

您的
正直和意志

是为了地球村的和平而具有的
神圣象征

对于那毫无反省之意的岛国
严重的警告

그리고
고요한 아침의 나라에
신선한 충격 준 선각자

한겨레를 깨우치게 한
작지만 커다란 불꽃이었지

还有
那被称为东方日出之国*的
给他们良心的感悟冲击

是提醒一个国家的
虽小意大

청도*

⟨1⟩

아늑한 고향 같은 청도는
인천서 1시간 비행거리
한때 이념장벽 가로막아
가깝고도 먼 이웃
희망찬 미래 위해
40년 넘게 지른 빗장
1992년 설레면서 열었지

먼먼 옛적부터
돛단배에 특산물 가득 싣고
황해바다 오갔던 상인들
그 핏줄기 청도사람
우리 생활풍습과 생김새마저
왜 그리 닮았는지

青岛

〈1〉

像温馨故乡般的青岛
离仁川有一个多钟头的飞行距离
一度因意识形态不同而隔绝
近在咫尺又不能走进的一衣带水的邻邦
为了更好地未来
40多年来封闭的大门
1992年开始了心潮起伏地开放来往

自古以来
装满特产的帆船
来回穿梭黄海的商人们
那样血统的青岛人们
跟我们风俗和相貌
多么相似呢!

⟨2⟩

동쪽 라오산 도교향기
서쪽 소주산 불교숨결
메마른 가슴 적신다
산봉우리마다 걸린 전설들
후손에 삶의 교훈주고
저녁땐 이웃끼리 어울러
얼후장단 맞춰 민요 부르며
양손에 부채 쥐고서
얼쑤절쑤 춤을 춘다
역사는 변화무쌍하지만
고유문화 전통은
천년시공을 뛰어 넘어도
하늘빛처럼 한결같다

⟨3⟩

청도자락에 황도 홍도

〈2〉

东边崂山道家香气

西边苏州山佛教气息

丝丝扣眩单薄的心理

每个山峰沿袭的传说

教诲着子孙后代

傍晚邻居欢聚一堂

跟随二胡节奏唱民谣

双手拿着扇子

跳起欢快的舞蹈

虽说历史变化无穷

但固有一个传统文化

纵使跨越千年

如同那蓝蓝的天空

〈3〉

在青岛弯畔的黄岛，红岛

의좋은 삼형제들
도타운 우애가 시샘난다
끝없는 쪽빛 해원(海原)에
풍요한 젖샘 흐르고

중국대륙 남쪽에
찬란한 청진주(靑眞珠)
훈훈한 인정 넘치고
소박하고 정겨운 민초들
오해 갈등 생겨도
관용 배려로 풀어내면
낯설고 물선 땅도
정들면 고향 아니던가

〈4〉

바야흐로 지구촌은 한동네
그곳에 살고 있는 10만 한인
저마다 꿈을 일구며

怀揣梦想的和和美美的三兄弟
和睦的友情让人羡慕
怀抱无尽的蓝色草原般海洋
流着富庶的乳汁

在华夏南边
璀璨的青珍珠
洋溢着暖意融融的人心
朴素而可亲可爱的老百姓
虽产生误会和矛盾
用宽容和关怀解除分歧
虽然人生地不熟
但是透入感情不就是故乡吗!

〈4〉

地球村正变成一个社区
那里生活着的十万韩国人
每个怀揣梦想的人们

신명나게 산 맥박들
사랑 향기 짙어 가면
더더욱 살맛난다
지금은 생소하지만
인류애로 소통되고
정치논리에 흔들림 없이
공생공존의 길 함께 하면
화평누린 세상 열리고
행복한 삶의 뿌리가
만대를 이어가리라

*청도 : 중국 산동성에 있는 항구도시. 현재 10만 명의 한국인이 살고 있음

无比开心地生活着

带着爱的香气

过得更有味道

虽说现在有点儿生疏

但以人道主义互相沟通

不为政治理念而动摇

一起走上共存的道路的话

打开和平的世界

愿生活幸福之根能够

绵长万代

소주산*

청도 서쪽의 소주산
3십리여 긴 등줄기

해발 100미터 자란
바위봉우리 40여 개

저마다 간직한
흥미로운 전설들

기원 전 350년
제나라가 쌓은 장성

오랜 풍화에 시달려
앙상한 뼈처럼 누워있고

산등성 너머 저편
보리사 불경소리가
잠든 불심 깨운다

사방 산기슭마다

小珠山

坐落在青岛西边
三十余里长的山脊上

海拔一百多米
耸立着四十个左右的山峰

每峰都有着
美丽的传说

公元前三百五十年
济国时构建的城墙

经过风化
依然骨瘦般地屹立着

从山那边传来
菩提寺念经
觉醒沉睡的佛心

延伸四周的山脉

산이 좋아 떠나지 못한
야생화 뿌리 같은 고향지킴이

석양이 산정에 걸리면
붉게 물든 하늘가

봉우리 봉우리들
진주알 꿰어 걸어놓은 듯
천혜의 환상적인 비경
숨결을 멈추게 한다

*소주산 : 중국 산동성 청도시 황도구 서쪽에 위치한 산

野花似乎因喜欢这座山而不愿离开
一直守候

夕阳斜挂在山顶上
一片片红彤彤的晚霞

山峰与山峰之间
像一串串珍珠似的
天施的迷幻风景
所迷住而暂时无法呼吸

라오산*

해돋이 가장 먼저 훔쳐 본
황해바다 수호신

그 누가
암석을 다듬어 세웠는지
신비로운 조각공원

산기슭 녹차향기가
코끝을 찌르고

물줄기 한데 모아서
감칠맛 난 청도맥주로 태어난 곳

산길 따라 서있는 바위마다
도교사상 불어넣고

무위자연을 사유하며
신선들이 노닐던 별천지

입소문 듣고 찾아온 사람들

崂山

最早抢先望到日出的
黄海守护神

不知是谁
用它独有的岩石
做成奥秘的雕刻公园

山脚下绿茶清香
扑鼻而来

每条溪水汇聚在一起
酿造而成的青岛啤酒

每块沿着山路屹立的磐石
吸入道家思想

思维无为自然
神仙下凡般的别具洞天

闻讯来访

풍광명미에 혼절 한다.

*라오산 : 중국 산동성 청도시 동쪽에 위치한 산

被美景魂然迷醉

초록빛 씨앗들에게 띄운 엽서
— 중국 유학생들에게

〈1〉

아득한 옛적부터
한국과 중국은
포근한 온기 나눈
다정스런 듬직한 친구
압록강 물줄기처럼
서로가 혈관을 적시면서
대대로 이어가는 운명
한때는
신라인들 유학길에 올랐고
국난도 하나 되어 극복한 이웃
역사에 뚜렷이 묘사돼 있다

〈2〉

세계화의 도도한 물결이
이념장벽을 허물고
치레보다 실용의 길 따라

给绿色种子的一封明信片
－致中国留学生

〈1〉

自古以来

韩国与中国

分享温暖

一衣带水善邻友好

鸭绿江水流如血管般

如同血脉亲人

一辈辈脉脉相传的命运

曾经

新罗人赴唐留学

有国难齐心协力克服的睦邻友好的历史

这在史书上明确记载着

〈2〉

世界化的滔滔浪潮

打破了意识形态的障碍

器重实用之道

광활한 대륙에서 싹튼
80년대 베이비붐 꽃망울
한반도 남단에 우뚝 선
대불의 상아탑에서
교수들 열과 성에
새롭게 눈 뜨고 귀 열린 지성
저마다 꿈 영글어 가고
한국말 쑥쑥 자란다

〈3〉

활짝 가슴 열고
우정의 옛 불씨 살려
영원한 친구가 되어라
2년 얼추 틈나는 대로
초롱한 눈빛으로
한국 사회상보면서
무슨 생각 지폈는지
또래의 한국 세대들과

辽阔大地上萌芽出

80年代婴儿之春的花蕾

韩半岛南端屹立的

大佛*的象牙塔里

教授们的热诚

开阔了知识人的眼界

滋养着每个人的梦想

韩文亦日日茁壮

〈3〉

打开心门

重寻昔日友谊

子子孙孙共做同路人

两年间闲暇之际

用闪亮的眼睛

观察着韩国社会万象

又想着什么

和韩国的同龄们相比

단지 말소리만 다를 뿐
또렷한 이목구비와
피부 머리빛깔도 같아
진한 친밀감 묻어난다

⟨4⟩

지구촌 사람들과
자유 인권 평화 누리며
인류애를 함께 펼쳐라
노고* 시인과 만나면서
능금처럼 익어간 가슴 언저리
소월 진달래 시향(詩香)에 젖어보며
2008년 6월 유학 마친 미래의 주인공
등짐을 내려놓은 듯
홀가분한 얼굴빛이다
풋풋한 시절 캠퍼스의 추억들
가슴에 보석처럼 묻어두어라

*노고(蘆古) : 박정필 시인 아호

只不过口音不同
因明显的耳目口鼻
皮肤头发色都同色
有那么神似而亲近感

〈4〉

与地球村的人们
一起享受着自由人权和平
实现人道主义
与芦古*诗人短暂相见的同时
苹果般变成熟的胸怀
欣赏着金素月的映山红
2008年6月留学归去的那些未来的主人公们
像卸下包袱般
轻松的脸色
温暖快乐的校园时代回忆
如宝石般藏在心底吧

*大佛：大学的名字　　*芦古：本诗作者的雅号

중국 아씨

한류가시에 깊이 찔러
황해바다 건너온
당찬 풀씨 하나

물씬 인정미 묻어나는
미래의 지성
중국 유학생

아득하게 펼쳐진 땅
산동성 래양시 고류현
대대로 이어온 핏줄기

초롱초롱한 눈빛에
소박한 꿈 커가는
22살 진녘아씨

우리말 어눌하지만
낯설지 않다며
수줍어 타는 미소

中国姑娘

陶醉于韩流中
远渡黄海
人小鬼大的一粒草籽

洋溢着浓厚的人情味儿
有志青年
中国留学生

辽阔无边的土地
山东莱阳古柳县
子子孙孙的血统

亮晶晶的眼睛里
流露朴素的梦想
22岁陈念姑娘

虽不熟练韩语
但并不觉得陌生
羞涩地微笑着

늘 설렌 일상에서
한국 문화에
흠뻑 젖은 그녀

청춘시절의 추억들
먼 훗날에
가슴 시리게 지펴보렴

〈번역 : 황석준, 인천시 부평구 산곡동 중국어학원 교사〉

充满未知的日常生活里
为韩国文化
所沉迷的她

年轻时代的往事
将来
回忆也是那样的美好

〈翻译：黄锡俊，在仁川市富平区山谷洞的汉语补习班教师〉

일제의 잿빛 기억
— 담시(譚詩) 2

〈1〉

1910년 8월 29일은
을사오적 매국 위해 바람 잡고

이등 협박에 유리가슴 조선 임금
조국을 통째로 넘겨준 국치일

들풀 같은 여린 민초들
하늘 쳐다보지 못한 채

온몸 짓눌린 천근의 비애
아픔 딛고 성숙된 민족혼

〈2〉

또다시 칼날 세우는 섬나라
불안 속에 늘 악몽 꾸는 이웃들

그들 혈관 속에
침략의 유전인자가 흐르고

탐욕을 내려놓지 않는 채
다시금 아시아에 군침 흘리며

숨 가쁜 지구촌 변화를
읽지 못한 망령든 호랑이

〈3〉

손바닥으로 하늘 가린 채
시도 때도 없이 꼼수 피우며

독도는 일본 고유영토다
위안부 강제동원 근거 없다

하얀 거짓말을 배설하면서
패권주의 환상에 젖은 정치인들

그들 야욕에 맞장구 친 극우세력
선무당처럼 작두 위서 칼춤을 춘다

〈4〉

은빛날개 퍼덕인 동해의 수호신
한겨레의 자존심 걸린 독도

일제강점기 때 슬쩍 둔갑시켜 놓고
가짜 소유권 내세운 음흉주머니

감언이설 풀어 속인 꽃소녀를
성노예 만든 반인륜적 범죄에

한 점 부끄럼 모르는 섬사람들
하늘과 땅 두려워하지 않는다

전라도 1

저 먼 옛적에
야만의 흉노말굽에 땅은 짓밟혔지만
백제 혼은 깨지지 않았지

고려 왕건도
저항의 최후보루 호남에서
부하들 피가 빗물처럼 흘렀다지

총알이 빗발쳤던
80년 5·18때도
독재와 맨주먹으로 맞섰던 민주성지

작지만 커다란 거인
꺼지지 않는 영원한 횃불

그래서일까
이순신 장군께서
若無湖南是無國家*라고
역사에 뚜렷이 묘사해 놓았지

*약무호남시무국가 : '호남이 없었다면, 나라도 없었을 것이다'의 뜻

전라도 2

어제처럼 기억되는
역사 줄기에

계백장군 용맹이
전설로 걸린 땅

조국 잃은 숨결들
바윗덩이 하나
가슴에 안고 살았지

야만의 암흑시대마다
국운을 선도했던 깃발

갑오농민 분노의 피
한말 의병의 투쟁의 피
홍건히 괸 성스러운 고장

그 누가
그곳을 향해 침을 뱉으랴

그 누가
그곳 향해 돌을 던지랴

전라도 3

소탐대실의
어리석은 생각 하나
민족의 웅지 꺾이고
왜소증 앓게 된 한반도

삼국통일만 추켜세우고
잃어버린 광활한 대륙

단군 후예 기억에서 지워버린
애꾸눈 역사학자들

그들에 의해
차별의 씨앗 뿌려지고

천년동안 일구어져
마르지 않는 눈물의 호남땅

가슴에 손 붙이면
하얀 파도처럼 밀려오는 한(恨)과 탄(歎)

사유의 갈피마다
산산조각 난 고구려의 꿈

전라도 4

조선 때 출생한 쌍둥이
전주와 나주를 전라도라 불렀지
올곧은 선비들 귀양살이하던
지평선 자락에 누운 곡창지대
저마다 대물림 받은 논과 밭
죽는 날까지 일구고 지키면서
약초 같은 예향(藝香) 피워내어
한겨레 삶을 풍성하게 적셔준 씨앗들
나라 위기 때마다
불의에 무릎 끓지 않는 의혈
침략에 생명 던진 충절
민족정기 솟는 신비의 땅
정치모리배들 역사 허물 감추기 위해
그곳이 반역의 땅이라고 궤변 배설하니
경주집의 뿌사리*가 웃었다 하지

*뿌사리 : 황소의 전남지방 방언

144

전라도 5

가느다란 삶 속에서
꿈과 열정 키우던 시절이

행복지수가 솟구쳤다고
입을 모은 민초들

"아따, 거시기 있을 때,
 머시기 해도 좋았재이~"

투박하고 구수한 전라도 사투리
그 속에
정겨움과 멋스러움이 묻어난다

그렇지만
비겁한 불의 앞에
'욱'하는 불꽃 성깔도
유전자처럼 흐르고 있다

임을 그리며 1

그대에
묻노니
정치가 뭐 길래

매카시즘바람에
시달리고 깨지면서

몇 번씩이나
벼랑 끝에 선 운명

자나깨나
화합과 통일 위해
아낌없이 바친 거룩한 헌신

끝내
미완의 꿈으로
고스란히 남긴 채

이제
세월의 뒤안길로 비켜섰지만

그 얼과 뜻
이어진 삼천리강산에
소망의 꽃 피워내야지

임을 그리며 2

서녘 하늘가
황혼이 걸리면

술잔 들고
침묵을 따르며
허무에 취한 일상

매서운 샛바람에도
흔들리지 않는 인동초

그 진한 향기
그 영롱한 빛깔
사라진 지금

너와 내 가슴에
늘상
그리움의 꽃으로 핀다

노고(蘆古) 박정필 시(詩)의 서정양식(敍情樣式)
— 제4 시집《꽃씨를 묻는 숨결들》

석란사(石蘭史) 이수화
(시인. 문학평론가 / 국제PEN클럽 한국지부 부이사장)

(1)

박정필 시(박정필 詩人의 詩)는 서정시(敍情詩)의 문학적 항존성(恒存性)을 지닌다. 그의 아호(雅號)인 노고(蘆古)에 스며 있는 오랜 갈댓잎 피리소리(蘆笛聲) 같이도 아름다운 해조적(諧調的) 언어의 조형미(harmony)와 가락(melody)을 창출해 내고 있다.

이것은 현대의 박정필 시인과 같은 리리시즘 시인과 함께 전대(前代)의 걸출한 서정 시인들에 연유하는 컨텍스트성(性) 포에지(詩精神)의 항존성에 다름 아니다. 이런 의미에서 박정필 시는 정통(正統)의 서정시로 꼽을 수 있겠다.

가령,

그대
일상 속

진한 꽃향기
영혼의 그림자

때론
갈등의 날 세울 때
미운 꽃샘바람

그대는
햇살인가
혹은
안개인가

그래도
한평생 마르지 않는
사랑의 샘물이다

— '아내' 전문

예시(例詩)에 해석을 가함은 도리어 해인이목(駭人耳目 ; 기
괴한 짓으로써 남을 놀라게 함)일 터지만 어차피 평설(評說)
글이고 보니 갈 길을 가야 하는 바, 위 리리시즘 시 '아내'가
서정시로서 항존성이 짙은 까닭은 시인 자신의 체험과 감정
을 표현하고 있다는 그 서정시 문학의 정체성이 짙게 배어 있
음에 있다. 대략의 아부성(阿附性) 소객(騷客)들은 '아내'를 노

래할 때 은근슬쩍(내놓고 찬양하면 팔불출 소리가 따가울 테니까) 현모양처 고마운 반려자로 표현키가 일쑤난당이건만 박정필 시는 솔직담박(率直淡泊)의 미학에 이르러있질 않는가.

이것이 박정필 서정시의 개결미이고, 리리시즘 포에지의 아름다운 삼엄성이다. 그것은 첫 스탠자의 '아내'의 실재(實在 ; 진리의 구극적 존재)를 일상(日常)에서 꽃향기로, 정신적인 것의 구체상(그림자)으로 환원하고 있는 존재론적, 오의(奧義)에서 드러나고 있다. '꽃향기 / 영혼의 그림자'(3~4행), 즉 아내가 꽃향기처럼 사랑스럽고, 꽃향기와 같은 영혼(사랑)을 지닌 존재지만 그 실재란 미상불 사라질 수도(사라지곤 하는) '그림자'라는 존재론적 오의(인식론)인 것이다. 그래서 둘째 스탠자가 발생한다. 부부갈등과 미움의 꽃샘바람은 맵다. 하지만 꽃은 피게 마련. 그리하여 제3 스탠자에서 서정적 자아는 '아내'를 햇살인지 안개인지 회의하게 된다. 그럼에도 최종 연은 '아내' 또는 부부애의 특히 최종 라인에서 그 어쩌지 못할 인간 숙명의 패러독스를 갈파하고 있다. "꽃향기 / 영원한 그림자" "갈등의 날 세울 때 / 미움의 꽃샘바람", "가슴속 깊이 박힌 / 사랑의 가시다"와 같은 박정필 시 수사(修辭學, rhetoric)의 해조성(諧調性), 언어의 조화(harmony)와 가락(melody)은 타의 추종을 불허하는 간결, 응축미와 미사구(美辭句)를 형상화하고 있다. 거듭 말해 그의 서정시 개결이고 리리시즘 포에지의 아름다운 수일성(秀逸性)이다. 이처럼 박정필 서정시의 항존성은 시대(時代)와 공간을 초월하는 조형미(造形美), 즉 시각화(視覺化), 음악화(音樂化)의 언어 형상미를 거두는 특징을 창출하는 인문학의 꽃으로 존립하는 것이다.

다음 장에서 그 세부를 주밀하게 살피기로 하겠다.

(2)

아호가 노고(蘆古)인 박정필 시인은 전남 완도 산(産)으로 주경야독으로 명지대 문화예술대학원 석사과정까지 마치면서도 경찰 총경으로 퇴직한 삶의 성실성이 차고 넘치는 문무겸전의 인간상임은 이미 정평이 나있는 시인이다. 펴낸 시집으로도 《숨죽여 뛰는 맥박》(제1집), 《섬 안의 섬》(제2집), 《갈꽃섬의 아침》(제3집) 그리고 이번 제4집 《꽃씨를 묻는 숨결들》이 그의 인격형성만큼이나 올곧은 시심으로 수놓아오는 필모그래피다. 그리고 제3집과 함께 뛰어난 감성으로 제1 수필집 《경찰관 시인의 세상 이야기》를 상재한 바 있는데, 이번 제4시집과 함께 또한 제3 수필집을 상재한다. 참으로 진정성의 성실한 삶이며 아름다운 정신 전개의 인문주의자일 터이다. 이와 같은 그의 인간 존재론적 경건주의(敬虔主義)는 어디서 오는 것일까.

천년을 사실 것 같이
허둥대다가
세상 짐 내려놓고
빈손으로 떠나갔지

명예와 부귀는
산자들의 욕심이고

망자는 홀로
북망산천 흙집서
눈비에 젖고 있다

핏줄기들 슬픔은 잠시뿐
인생꽃 지는 것은
천칙이라 체념한 채

시나브로
기억에서 지워져간
나의 하나님

— '아버지' 전문

　이 시는 이상하게 가슴을 쿵! 때리는 데가 있다. 후말 연 후
말 행 "시나브로 / 기억에서 지워져간 / 나의 하나님"이 그것이
다. 이른바 마술적(魔術的) 아우라(aura)의 내연화(內燃化)이
다. 말로는 형언키 어려울 정도로 우리 마음속에 불멸하는 경
건성(敬虔性)은 그것만으로도 우리를 안정케 하는 마술적 아
우라의 대상인 것이다. 알게 모르게 기억에서 지워져간 아버
지가 서정적 자아의 하나님인 것이다. 박정필 시의 이러한 고

차원적 정서인 경건주의 정조(情操)야말로 T. S. 엘리엇이 말하는 전통 정신의 근원으로서의 선조애(先祖愛), 혈연(血緣)의 끊임없는 계승으로 이어지는 경건주의 정신의 마음가짐인 것이다. 아마도 인류 문학사적으로도 아버지를 '나의 하나님'이라 읊은 시인은 박정필 시의 경건주의밖에 없을 터이다. 이와 같은 그의 경건주의 시 정신은 따라서 역사의식(歷史意識)의 맑고 공명정대한 투찰력(透察力)을 키워냄으로써 이 방향의 텍스트 생산에 역작군(群)을 창출해 보이고 있다.

(행두 번호는 평설자의 것이다.)

① 저 먼 옛적에
야만의 흉노말굽의 땅은 짓밟혔지만
백제 혼은 깨지지 않았지

고려 왕건도
저항의 최후보루 호남에서
부하들 피가 빗물처럼 흘렀다지

총알이 빗발쳤던
80년 5·18때도
독재와 맨주먹으로 맞섰던 민주성지

작지만 커다란 거인

꺼지지 않는 영원한 횃불

② 아득한 옛적부터
한국과 중국은
포근한 온기 나눈
다정스런 듬직한 친구
압록강 물줄기처럼
서로가 혈관을 적시면서
대대로 이어가는 운명
한때는
신라인들이 유학길에 올랐고
국난도 하나 되어 극복한 이웃
역사에 뚜렷이 묘사돼 있다

③ 1910년 8월 29일은
을사오적 매국 위해 바람 잡고

이등 협박에 유리가슴 조선 임금
조국을 통째로 넘겨준 국치일

들풀 같은 어린 민초들
하늘 쳐다보지 못한 채

온몸 짓눌린 천근의 비애
아픔 딛고 성숙된 민족혼

　예시 ①, ②, ③을 나란히 병치해 보이는 것은 한·중·일(韓
中日)을 오브제로 한 박정필 시의 역사의식 상황을 일목요연
하게 비교 파악하기 위해서다. ①은 시 '전라도'의 1~4연이고,
②는 '초록빛 씨앗들에게 띄운 엽서 － 중국 유학생들 에게'
첫 연이고, ③은 '일제의 잿빛 기억— 담시 2'의 ⟨1⟩에 해당한
다. ①의 경우, 우리의 오랜 '지역감정' 또는 '남남갈등'이라는
부정적 분열의식에 대한 명쾌한 척결 의지를 드러내 표상하고
있는 리리즘시다. 결코 선동이나 하려는 애지프로에서 벗어나
선인들의 역사의식을 콘텍스트로 극대화하는 묘수를 발휘하
고 있다 하겠다. ②는 한국에 유학 온 젊은 중국인들에 대한
따뜻한 텍스트 주체의 선린 정신을 표상화하고 있다. 역사적
사실(fact)에서 오는 우호(한국인과 중국인)의식과 핏줄조차
혈연처럼 끈질기다는 우애의지를 두만강 물줄기로 상징한 상
상력의 호환성 또한 박정필 시 정신만의 만만찮은 역사주의
인문 정신을 엿보게 한다. 그리고 ③에 이르면 경술국치의 역
사적 사실을 도입해 고난을 딛고 일어선 민족혼을 다시금 깨
우고 있는 시적 주체의 호국의식은 문무겸전의 박정필 역사의
식의 시 정신만이 노래할 수 있는 시인의 저력이 아닌가 한다.

　시간이

내 영육에
남긴 흔적들

지워가는 기억
깊어지는 주름 골

살아 온 날
아득하고

살아 갈 날
코앞이다

함 뼘 인생살이
한줄기 기적소리다

— '자화상' 전문

이 시는 박정필 서정시 '자화상'인데, 미당(未堂)의 '자화상'
은 그를 스물세 해 동안 키운 건 8할이 바람이라 했다. '바람
(風)' 그 의미의 진폭은 크다. 예시의 그것은 '아득함'으로 과거
화 돼 있고, 이제 코앞에 다가 온 죽음으로 인식된다. 시적 주
체의 결말(結末)에 대한 시인다운 아름다움의 미학의식이 절
절하다. 이 맺고 끊음에 추호도 흔들림 없이 도전한 시인으로
서의 자존과 위의는 아무나 투찰(透察)해 볼 수 없는 유현(幽

玄) 그윽한 시 정신의 영롱한 결정체(結晶體)일 터이다. 이것이 바로 그의 아름다운 경건주의 리리시즘 시 정신이며 항존성의 문학사적 서정시 콘텍스트에 접영(接靈)되고 있는 박정필 시의 서정양식(敍情樣式)이다. 더 없이 아름다운 그의 시정시 '종소리'를 깊이 음미하는 것으로 척박하나마 평설 글의 필을 놓을까 한다.

(행두 번호는 평설자의 것이다.)

①너의 목소리
②별빛 되어 공간을 유영하다
③곤두박질한 선율
④목련처럼 하얀 삶을 위해
⑤눈꽃같이 사뿐히 내려앉는다
⑥세속에
⑦흩어진 죄의 편린들을
⑧한데 쓸어 모아
⑨자비의 불로 태워라

— '종소리' 전문

총 9개 라인, 단련(單聯)으로 쓰인 이 시는 ①과 ②에서 종소리를 의인화하여 우주공간에 헤엄치는 것으로써 가시화해 보여준다. 청각과 시각의 융합에서 오는 뛰어난 공감각(共感

覺 ; Synesthesia)기법 소산이다. ③ 또한 역동적인 이미지의 공감각기법 소산인데, 종소리의 음률이 선회하는 이 공감각 조형은 상상력의 극치다. ④와 ⑤의 전위적(轉位的) 이미지 조형 또한 아름다움의 극치, 여기에 ⑧과 ⑨로써 정화(淨化) 삶의 개결성의 열정은 실로 박정필 서정시문학(敍情詩文學)의 백미편(白眉篇)이 아닐 수 없다. 아니 그의 품안을 벗어나서인들 성공작으로 손꼽히지 않을 수 있으랴. 시 '종소리'는 이렇게 박정필 서정시가 어떤 전향성(前向性)의 지평을 전개할 것인가를 투찰(透察)해 볼만한 시금석이기도 하다. 이 일은 시인의 고유한 권지(權智)이므로 췌언을 불사하는 바이다.

2013년 10월 30일
서울 삼개나루 수당헌(樹堂軒)에서 석란사(石蘭史)